El jardín devastado

Alfaguara es un sello editorial del Grupo Santillana

www.alfaguara.com

Argentina
Avda. Leandro N. Alem, 720
C 1001 AAP Buenos Aires
Tel. (54 114) 119 50 00
Fax (54 114) 912 74 40

Bolivia
Avda. Arce, 2333
La Paz
Tel. (591 2) 44 11 22
Fax (591 2) 44 22 08

Chile
Dr. Aníbal Ariztía, 1444
Providencia
Santiago de Chile
Tel. (56 2) 384 30 00
Fax (56 2) 384 30 60

Colombia
Calle 80, 10-23
Bogotá
Tel. (57 1) 635 12 00
Fax (57 1) 236 93 82

Costa Rica
La Uruca
Del Edificio de Aviación Civil 200 m al Oeste
San José de Costa Rica
Tel. (506) 220 42 42 y 220 47 70
Fax (506) 220 13 20

Ecuador
Avda. Eloy Alfaro, 33-3470 y Avda. 6 de
Diciembre
Quito
Tel. (593 2) 244 66 56 y 244 21 54
Fax (593 2) 244 87 91

El Salvador
Siemens, 51
Zona Industrial Santa Elena
Antiguo Cuscatlan - La Libertad
Tel. (503) 2 505 89 y 2 289 89 20
Fax (503) 2 278 60 66

España
Torrelaguna, 60
28043 Madrid
Tel. (34 91) 744 90 60
Fax (34 91) 744 92 24

Estados Unidos
2105 N.W. 86th Avenue
Doral, F.L. 33122
Tel. (1 305) 591 95 22 y 591 22 32
Fax (1 305) 591 91 45

Guatemala
7ª Avda. 11-11
Zona 9
Guatemala C.A.
Tel. (502) 24 29 43 00
Fax (502) 24 29 43 43

Honduras
Colonia Tepeyac Contigua a Banco Cuscatlan
Boulevard Juan Pablo, frente al Templo
Adventista 7º Día, Casa 1626
Tegucigalpa
Tel. (504) 239 98 84

México
Avda. Universidad, 767
Colonia del Valle
03100 México D.F.
Tel. (52 5) 554 20 75 30
Fax (52 5) 556 01 10 67

Panamá
Avda. Juan Pablo II, nº15. Apartado Postal
863199, zona 7. Urbanización Industrial
La Locería - Ciudad de Panamá
Tel. (507) 260 09 45

Paraguay
Avda. Venezuela, 276,
entre Mariscal López y España
Asunción
Tel./fax (595 21) 213 294 y 214 983

Perú
Avda. Primavera 2160
Surco
Lima 33
Tel. (51 1) 313 4000
Fax. (51 1) 313 4001

Puerto Rico
Avda. Roosevelt, 1506
Guaynabo 00968
Puerto Rico
Tel. (1 787) 781 98 00
Fax (1 787) 782 61 49

República Dominicana
Juan Sánchez Ramírez, 9
Gazcue
Santo Domingo R.D.
Tel. (1809) 682 13 82 y 221 08 70
Fax (1809) 689 10 22

Uruguay
Constitución, 1889
11800 Montevideo
Tel. (598 2) 402 73 42 y 402 72 71
Fax (598 2) 401 51 86

Venezuela
Avda. Rómulo Gallegos
Edificio Zulia, 1º - Sector Monte Cristo
Boleita Norte
Caracas
Tel. (58 212) 235 30 33
Fax (58 212) 239 10 51

ALFAGUARA

Jorge Volpi

El jardín devastado
Una memoria

EL JARDÍN DEVASTADO
D. R. © Jorge Volpi, 2008

ALFAGUARA

De esta edición:
D. R. © Santillana Ediciones Generales, S.A. de C.V., 2008
Av. Universidad 767, Col. del Valle
México, 03100, D.F. Teléfono 5420 7530
www.alfaguara.com.mx

Primera edición: octubre de 2008

ISBN: 978-970-58-0448-9

D. R. © Diseño gráfico: Eduardo Téllez

Impreso en México

Me dicen: ¿cómo, enferma Laila en Irak,
        no vas a verla?
¡Dios sane a los enfermos de Irak,
que yo me compadezco de todo aquel
que sufre del mal de Irak!

MAYUN LAILA (S. VIII)

EN EL NOMBRE DE DIOS, EL CLEMENTE, EL
MISERICORDIOSO

La alabanza a Dios, Señor de los Mundos,
que hizo al cielo sostenerse sin columnas,
que brotaran montañas de la faz de la Tierra
y que manara agua de las piedras.
La alabanza a Ti,
que prometiste un jardín para los justos.

Entrada

Odio ser humano. Huyo entre las sábanas
y, apenas parpadeo —el espejismo de la
noche—, reencuentro mi estirpe carroñera.
Mi consuelo es no haberme jamás
reproducido, o así lo espero.

    Alzarse es volverse cómplice. Me
vence en cambio la urgencia de la bestia.
Extiendo las piernas, me desentumo y
completo el gesto que me confina en el
cuarto de baño. Orino, luego existo.

    No puede ser éste un regreso, mascullo
con saliva rancia, pegajosa. El regreso es otro
nombre de la huida. Mi patria: este amasijo
de hienas y fantasmas, su estruendo y el
culto del olvido.

    Tras la ventana, el mediodía.

    Me pregunto —pero sólo Dios es
sabio— si el sol de Oriente será más
traicionero. Si la joven habrá sufrido

sus lanzadas. Si habrá violado el luto de la tela. Si habrá palpado sus pechos y su vientre. O si la habrá cuidado a lo largo de su ruta.

El sol de Oriente.

Quedo desnudo —un cuerpo enclenque como el de las fotografías—, dejo que el chorro de agua me limpie y desperece y, en un remolino que es como la vida, se desperdicie por las cañerías.

Miro los ojos rasgados de la joven —la paz sea con ella—, sus ojos parecidos a la perla semioculta. Cuántos kilómetros sin voz, cuántos pasos, cuántas jornadas de sed y de ventisca.

Su sombra en el desierto. Sus huellas que se pierden.

Y yo aquí, tibio, a salvo, maldiciendo el cauce de las horas. Me desplomo sobre el tejido de mosaicos y, ateo furibundo —¿cuál será la correcta dirección hacia La Meca?—, rezo por ella.

A ti, Rey del Día del Juicio, pido ayuda (aunque no existas). Condúcela por el recto camino, el camino de aquellos a quienes has favorecido y no son objeto de tu ira.

A ti, Señor de los Necios, Señor de los Dementes, te ruego que la protejas y la guíes.

Diario

Ayer, sesenta y siete. Hoy, "en una de
las jornadas más violentas", ciento ocho.
Mañana, conjeturo —aunque sólo Dios es
sabio—, cuarenta y dos.

O setenta.

O noventa y cinco.

Entrevemos las cifras —la placidez de
la aritmética— mientras sorbemos una
cucharada de yogurt o cabeceamos.

Lejos, tan lejos.

Mil dólares por responder en quince
folios. Un *abstract*. Notas al pie. Bibliografía.

Qué significa el dolor ajeno.

Bastaría una palabra.

Centavos.

Expulsados

Todos fuimos expulsados de allí.
Como esa muchacha.
Como Laila.

Vuelta

Me creía sabio aunque no había cumplido treinta años. Bajo el sopor de julio los brazos en alto recordaban a gimnastas. Pero nadie sonreía: las consignas desafiaban el inminente repique de campanas.

La plaza volvía a ser nuestra: no íbamos a tolerar otro saqueo. Demasiadas décadas de agravios —zumbidos del sesenta y ocho— agitaban la memoria. Un fraude sarnoso, descastado. La tarde previa el mastín del gobierno había anunciado la "caída del sistema" y el triunfo irreversible de sus cómplices.

Como cada seis años.

Se sucedieron protestas y denuncias. Nos dejaron vociferar sin encararnos: la represión, habían aprendido, los hubiese sepultado. Optaron por el soborno, sobrias amenazas y fuegos de artificio. La televisión impuso su silencio y nuestro candidato al fin llamó a la calma (y aun así habrían de morir más de cuatrocientos militantes).

A principios del ochenta y ocho decidí irme, ahogado por el asco.

Pasé quince años recluido en la docta indiferencia del experto. Emory, Cornell, Harvard: allí escapé del tiempo, acumulé mujeres y abandonos, rumié mi asco en artículos, *papers* y siete libros de análisis político.

El asco hacia mi patria, sus hienas y fantasmas.

Años después cayeron las torres y el limbo se transformó en cuartel. Brotó el miedo, la delación, la paranoia: todos culpables salvo prueba en contrario. A continuación, la venganza.

La invasión de Oriente.

Por eso he vuelto. Con mi despecho a cuestas. Con mi asco.

Volver. Otra mentira.

Laila

Cuentan —aunque sólo Dios conoce la verdad de lo ocurrido— que en Mosul vivía un médico llamado Karim, a quien el Retribuidor había dotado de tanta riqueza como astucia.

El doctor Karim había sido bendecido con tres hijos de singular apostura e inteligencia: Walid y Bashir, dos varones obedientes y piadosos, y una muchacha, Laila, la más pequeña, la más hermosa.

Y era Laila una sonrisa del cielo. Sus cabellos eran de oro y plata. Sus lágrimas, cuando lloraba, un gotear de perlas. Su voz, el canto de un ave. Y cuando sonreía un capullo de rosa se dibujaba en sus labios.

A los diecinueve años Laila era madre de una radiante hija de dos meses, Fariza, concebida en el más puro amor de su marido, un ingeniero de Kirkuk llamado

Salih, que trabajaba en los campos de petróleo.

Se dice —aunque sólo Dios es testigo— que el doctor Karim se desvivía por sanar y consolar a sus pacientes sin reparar en su raza, credo o costumbres.

Otros afirman que el doctor Karim gozaba de la confianza de Uday, el hijo mayor del Abominable —su nombre sea maldito—, el cual solía convocarlo en sus aposentos cuando se aparecía por Mosul con su séquito de esbirros. Al parecer era responsable de borrar las llagas que el mal humor de Uday imprimía en la piel de sus mujeres.

El doctor Karim jamás hablaba de sus visitas nocturnas a palacio y, cuando Laila le reprochaba su desvelo —una estrella en lontananza—, él rechinaba los dientes o mugía.

Cuando dio inicio la guerra y los combatientes del norte irrumpieron en Mosul, Laila vio cómo su padre, su esposo el ingeniero de Kirkuk y Fariza, su radiante hija de dos meses, caían abatidos por las balas de un peshmerga a las puertas de su casa (sus hermanos habían partido hacia la capital).

Laila perdió el habla y acaso la razón.

Una semana después ella también abandonó Mosul y, escoltada por un djinn que encontró en el camino —y su silencio—, partió rumbo a Bagdad, a pie, decidida a encontrar a sus hermanos.

La alabanza al Clemente, al Misericordioso, que creó la guerra, la desolación y la locura.

Padre

El padre de Ana era un hombre del sistema, factótum de célebres políticos —célebres por su avidez y corrupción—, gobernadores, alcaldes, secretarios: la ralea que llevaba más de medio siglo enriqueciéndose a nuestra costa. Pese a sus cargos y prebendas (reconozco su desprecio por el lujo) se avergonzaba de sus compinches, todos le parecían cortos de miras o mezquinos. Pero jamás denunció sus trampas o cuestionó sus negocios, excepto en confesiones *off the record*.

Joaquín Sandoval representaba la evolución más frecuente del espíritu de los sesenta (al menos en mi patria): seguía siendo un hippie con los cabellos revueltos —si bien cortos—, jeans y sandalias destejidas, camisas a cuadros y odio a las corbatas. Aun incrustado en los miasmas del Partido, él, que había sido miembro del Consejo Nacional de Huelga en el sesenta y ocho, se presumía revolucionario: un marxista resignado a ser pragmático.

Apenas sonreía. Más bien se desbocaba en vigorosas carcajadas y toscos manotazos: como todos los de su especie dominaba el arte de camuflar las emociones. En la intimidad era brutal e intransigente (por fortuna viajaba todo el tiempo). Ana lloraba al calibrar el peso de sus manos. En más de una ocasión la tumbó a bofetadas —ella era la terca o la ingrata— y en raptos de amargura llegó a patearla.

Ana juraba odiarlo.

Y lo veneraba.

Joaquín Sandoval no era capaz de conversar, de pedir algo por favor, de un atisbo de ternura. Demostró ser generoso con su hija cuando la envió a la capital —ella había crecido en Ciudad Valles— y la alejó de su temple incontenible.

Los padres de Ana nunca se casaron y apenas compartieron techo unos meses. Joaquín Sandoval casi doblaba en edad a Esther Reyes. Ella se prendó de los ideales de aquel chivo corpulento —entonces tenía ideales—, de su vehemencia y su fragilidad de niño marrullero.

Él pronto se marchó a la lucha política, pero nunca dejó de enviarle cartas desde innombrables municipios: quimeras y proyectos de futuro, inventarios de plantas exóticas, recetas de platillos regionales.

Esther Reyes y Joaquín Sandoval se amaron en voz baja y por la fuerza. La prueba: doce años después de Ana, y aunque trabajaban a cientos de kilómetros —ella en Ciudad Valles, él en Oaxaca—, al fin contrajeron matrimonio.

Cuando Esther Reyes murió —una mujer sutil, alargadísima—, él se consagró a velar por su memoria. Abandonó las filas del Partido y por un tiempo recuperó sus principios sepultados.

Para Ana él era un muro: sus manos todavía la espantaban. Y juraba que, para adormecer el miedo que le causaban sus reproches, a los diez años tuvo su primera borrachera.

Arena

El jardín está bajo la arena.

Descalza

Cuanto conoces queda destruido: flotan
viejas palabras, el humo, himnos
dolorosos. Turba la bruma el filo azul de
un relámpago —ángel perverso— y el
horizonte se quiebra por instantes.

Laila, el martilleo cimbra tu cabeza.

Un espasmo.

Otro.

Y otro.

Como si alguien te dislocase la
mandíbula, encajase un puño en tu vientre
y te rematase con un golpe en el pómulo
derecho: cada estallido en lontananza.

La niña que aún eres querría
guarecerse, mas no hay dónde: dunas,
páramos. Pedir auxilio —¿a quién, a
los cadáveres?— o rendirte al invasor.
Nadie te oye: quedan tú y el djinn que te
acompaña.

Para el enemigo eres una cifra, el precio de una idea, y los tuyos desconfían de una mujer que viaja sola e ignora sus dictados.

Caminas descalza, Laila, sobre las ruinas de tu patria. ¿Algo nos une?

Tu andar de noche.

Presente

Somos vulgares, predecibles: los amigos, los
hermanos de otro tiempo —los conjurados—
nos hemos convertido en lo que entonces
odiábamos con saña: burócratas o especialistas.
Voces insultantes que se esterilizan de pronto
en nuestros labios.

Basta escucharnos: "madurez",
"realidad", "instituciones". Alguien dice:
"patriotismo".

Nicolás me mira de soslayo —enciende
otro cigarrillo— sin disimular su vanidad
de consejero de prensa en Gran Bretaña.
Tibio, Javier se burla de su encargo en París
y acentúa su perfil más miserable. Víctor ni
siquiera ha venido a darme la bienvenida: no
piensa saludar a quien se mofa de su catálogo
de *best-sellers* y autoayuda. Y Pablo, macilento
—ahora profundiza en la meditación zen, la
ceremonia del té y los místicos budistas—,

nombra a Vasconcelos como sustento de su cargo.

Quienes fuimos nos vapulearían.

El poder de otra manera, cita uno.

Es tan fácil criticar sin hacer nada, se oye luego.

Vacío mi copa y trato de borrar nuestra calvicie y el cinismo. Querría templar sus almas, o la mía. ¿Qué decirnos? ¿Traidores onanistas?

Quince años atrás escupíamos, aullábamos. Hoy nos embrutecen las botellas de borgoña y los matices: le perdonamos la vida a los cretinos.

Reímos, celebramos el reencuentro. Nos aliviamos con historias de cuando aún seguíamos vivos.

Al final nos abrazamos.

Nombres

Pregunta ineludible.

Tras su divorcio —un cataclismo—
Nicolás ha vuelto a casarse y se escabulle
de dos familias. Pablo preserva su ficción
de padre y marido sin fisuras. Víctor se
enamora como un búfalo de mujeres que
veneran sus tormentas. Incluso Javier, el
inestable y pendenciero, sigue enamorado de
Laura para estar cerca de sus hijos.

¿Y tú?

Yo, como siempre: un nombre tras
otro. O ninguno. Los demás me envidian.
También me compadecen.

Música

Laila tardó en descubrir que su oído era
perfecto. El profesor Alí se lo anunció con
el orgullo de quien ha ganado la lotería:
el Retribuidor —enaltecido sea— te ha
concedido un don más valioso que las perlas
o el coral.

Laila temblaba. La flauta traversa era un
tributo a su padre. El viejo doctor Karim no se
cansaba de oír discos traídos de contrabando
desde Londres, donde se especializó en
cirugía en los setenta. Mozart y barrocos. Ella
se embelesaba con la devoción de su padre
aunque cabeceaba con las tenues melodías.

A los once Laila dio su primer recital
(pomposa manera de decirlo) frente a los
alumnos y maestros de su escuela. Recibió
muchos aplausos, según ella inmerecidos.

Su padre la inscribió en la errática orquesta
de la provincia: veinte o treinta muchachos

kurdos, árabes e incluso turcomanos que desafinaban cada tarde ante la tristeza del profesor Alí. Para aquellos chicos era un fastidio o a lo sumo un juego, y sólo unos mellizos, Fuad y Abbás, soñaban con salas de concierto (uno tocaba el clarinete, el otro la trompeta).

Laila cambió al saberse bendecida. Aprendió que cada sonido tiene un nombre y que ella podía pronunciarlos. Do, sol, la sostenido: la música anidaba en todas partes, en los motores y las aspas, los grillos, el llanto y los tifones. Tal vez hubiese preferido volar o conversar en el idioma de las aves, pero su don la enorgullecía: memorizaba las lecciones, se enamoraba del solfeo y pasaba horas enhebrando pentagramas. Mozart fue su compañía.

Mozart en Irak.

Su oído absoluto hoy le permite identificar las notas que emiten los rifles de asalto, los cazas supersónicos y las bombas de racimo.

ز

Deseo

Mi flauta, le pide al djinn.
Devuélveme mi flauta.

Aquí

Miro el techo blanco, los sucios ventanales,
y me descubro en *mi* casa. Soy dueño de un
refrigerador, una cama, un juego de colchas,
media vajilla. Millares de libros y discos
abandonados al garete en los estantes.

Compré este *loft* hace siete años
—inversión de jubilado— para repostar en
mi ciudad las navidades y, con mala suerte,
una parte del verano. Un *pied-à-terre*, lo
llaman los franceses: jamás creí habitarlo
más de dos semanas.

Aspiré a volverme nómada, moverme sin
cesar, vivir lejos de todas partes. En Atlanta,
Ithaca y Boston me adapté a escenografías
variopintas —nunca falta un colega en
sabático— o alquilé casas amuebladas. Sillas
rotas, bodegones o marinas, a veces crucifijos,
fotos de bodas o graduaciones: cada signo
debía resaltar mi extranjería.

Elegí la impermanencia.
¿Qué hago pues en mi recámara?
Comprobar que incluso aquí soy un intruso.

Casa

Una casa, me exigía Ana al acabar cada pelea.
Una casa, le decía: qué egoísta.

Idea

Me exigen que escriba sobre la humanidad,
ese espejismo. Un ensayo histórico político
en torno a nuestra miseria compartida. Yo,
que no conozco —ni quiero conocer— a
mis vecinos. Los individuos de nuestra raza
nacemos y morimos aislados. Nada nos une.
Sólo esta verdad nos acompaña.

   ¿Por qué habría de dolerme una
muchacha iraquí en medio del desierto?

Ana

Conocí a Ana —la vi apenas— cuando ella estaba a punto de casarse. Con un amigo mío o, debería precisar, un nuevo amigo. Lucía radiante y exaltada. Yo tomaba un café con él, y ella llegó para llevárselo de compras: los arreglos y desarreglos de los enamorados. Me saludó con efusión y se marcharon.

No habían pasado tres meses de la boda —yo no fui requerido— cuando Ana y mi nuevo amigo ya se habían separado. Un matrimonio exprés, doble catástrofe. Nunca supe los motivos. Él y yo nos distanciamos por mezquindades que no vienen a cuento y no indagué más en su efímera tragedia.

Un año después dicté una conferencia sobre Toni Negri y la afasia democrática en la Facultad de Ciencias Políticas y Ana me observaba entre el público. Trabajaba como reportera, me confió, pero había acudido aguijoneada por mi nombre. ¿La recordaba? Sus labios y su temple. Por supuesto.

Compartimos el resto de la tarde, tomamos unas copas —nada extraño— y me llevó a un desabrido club de salsa, aunque se resistió a bailar conmigo, qué fortuna. La acompañé a su casa por la madrugada, en la Avenida Río Churubusco, y eso fue todo.

Nos habituamos a llamarnos. Me atraía su urgencia, su brío, su voz ronca. Aunque aborrezco los teléfonos, la dejaba hablar de mil cosas y ninguna —su familia, la estupidez de los políticos, su pasión por los zapatos— sin límite de tiempo. Apenas descifraba su lógica, si acaso la tenía: era perfecta.

En su departamento, blanco y despoblado —hueca galería de museo—, me presumió su colección de pipas de agua. Luego vinieron el alcohol y las pastillas. Sus temblores nocturnos y el pánico que le deparaba su recámara.

Yo no compartía sus afectos —soy un cobarde que jamás pierde el sentido— y me asombraba al verla pasar de la dulzura al llanto a la violencia, espectador único de los tres actos de su drama.

Tardé en atisbar que, detrás del brío y sus desplantes, Ana sufría.

Una noche me llamó encogida en el armario: ojos feroces la acechaban. Rescaté su cuerpo helado, besé sus párpados y me sentí infinitamente poderoso. Ana me concedía la dicha de salvarla.

Apostasía

Mi católico padre nunca me llevó a misa,
tal vez porque no admitía competencia: él
era el albacea de lo cierto. Harto del mundo
—otro extranjero—, se refugiaba en unas
cuantas convicciones absolutas: la familia,
Dios, el sacrificio. Me inscribió en una
escuela confesional, a la cual él también
había asistido, para que los hermanos
apuntalasen su ortodoxia.

De adolescente padecí un breve arrebato
místico: leía a Santo Tomás —pedante
e inadaptado—, me persignaba al pasar
frente a una iglesia y cerraba los ojos ante la
pornografía que traficaban en las aulas. Me
figuraba apologista. Hasta que me topé con
Nietzsche —una colisión, una tortura— y
perdí la fe.

¿La perdí? ¿Perder lo que no existe?
Esa fue mi triste rebelión, mi felonía: Dios

—enaltecido sea— está enterrado. Nadie nos salva ni condena. La verdad es un acto de violencia, la culpa una enfermedad de siervos abatidos.

Una batalla de por vida. Contra mi padre. Contra mí mismo. Y, pese a mi blasfemia, no sé si la he ganado.

Fariza

Cuentan —pero sólo Dios es sabio— que
Laila no respingó cuando su padre le
presentó a Salih, el ingeniero de Kirkuk,
como su próximo marido.

Igual que otras muchachas de su
entorno ella casi nunca se cubría la cabeza
—sus cabellos de plata y oro—, usaba
pantalones, estudiaba informática, adoraba
la flauta y se sabía guapa e independiente.
Además Salih la contemplaba con azoro y
el escorzo de sus labios revelaba un alma
generosa. Al casarse, el corazón de Laila se
sintió apaciguado.

Taciturno, Salih la cuidaba como al
cachorro de un león aún indefenso. La
dejaba fantasear y, en suma, la quería.
Ambos se colmaron de esperanza cuando el
Misericordioso —enaltecido sea— les confió
a la diminuta Fariza.

Se acercaban ya los humores de la guerra y Salih creyó conveniente alejarse de Mosul y la venganza. Los combatientes del norte afilaban sus cuchillos. Ella se negó: aquel era su hogar y aquella su familia.

Mientras avanza penosamente hacia Kirkuk, oculta bajo el velo, Laila desfallece. Acaba de descubrir unas casuchas calcinadas —con los restos de un cadáver— y no recuerda, no, los ojos de Fariza.

Parejas

Hombre y mujer son enemigos desde que
el espermatozoide y el óvulo se baten por
la supremacía. Es la guerra: uno busca
reproducirse y escapar, otro reproducirse y
negar la huida.

Nos asediamos, nos engañamos,
nos traicionamos, nos herimos, nos
contagiamos, nos laceramos, nos
torturamos, nos destruimos. Al final
nos abandonamos. Y luego esperamos al
siguiente de la fila.

Dos

Donde hay dos hay un abismo.

Frágil

Ana se veía como huérfana en un bosque ennegrecido, a merced de las fieras y su hambre.

Gretel sin el consuelo de su hermano.

Le temía a la lluvia de agosto. Al silbido de la tarde. A los ojos de los perros. A los virus. A los hombres que la codiciaban en el metro. A los hombres. Al agua helada. A las filas del supermercado. A los parques vacíos. A su talento para herirse. A los domingos.

A la locura.

Procuraba burlarse de sí misma —soy frágil por la ausencia de mi padre— pero el abandono a veces le servía de escudo y a veces de metralla.

Yo rebatía su tragedia: eres fuerte, mira cómo has sobrevivido. Iluminas lo que tocas. Apenas funcionaba. Según ella, mis palabras la hacían todavía más vulnerable.

Su madre censuraba este relato. Joaquín vivía lejos y, Dios lo perdone, llegó a abofetearla. Pero en secreto la adoraba y jamás olvidaba su regalo de cumpleaños. Y en todo caso, insistía doña Esther, siempre me tuvo a mí, pendiente de su fiebre: nunca le faltó cariño.

¿Exageraba Ana? ¿O vivía su papel de niña expósita?

Me hizo prometer que, a diferencia de los otros, yo jamás iba a abandonarla. Suscribí el contrato en una hoja de su diario.

Miedo

Tienes que cuidarme.
La voz de Ana.
Yo la abrazaba hasta que se consumía la
noche.
Su miedo ignoraba al mío.

Repetido

Mi ciudad ofrece dos perspectivas: el
tránsito feroz o la mustia burocracia. El
triunfo de la lentitud sobre la prisa.

Tomo el volante —no tener coche aquí
es un suicidio—, sintonizo una suite de
Bach como anestésico y me adentro en el
Viaducto, un tubo de lámina y angustia.
No pienso: la contaminación y los chillidos
diezman tus neuronas.

Dos horas extraviadas.

Tres más en la universidad que ha
contratado mis servicios —un centro
comercial donde antes campeaba la
basura—: papeles y firmas, firmas y papeles.
Acta de nacimiento, diplomas, comprobante
de domicilio, registro federal de
contribuyentes, CURP y otras siglas ignotas,
cuentas de banco. Filas para conseguir cada
documento, filas para entregarlos.

Un mes y medio así, expurgando los puntos cardinales —memorizo el Periférico— entre puestos de fritangas, plantones y las morosas parrafadas del alcalde.

Ni una línea, por supuesto.

¿Escribir sobre la humanidad en olor de multitudes? Millones de rostros congelados, millones de cuerpos semejantes: la pesadilla de verse tantas veces repetido.

Plantas

De niña, en Ciudad Valles, Ana compartía
con su madre una casa rodeada de plantas
aromáticas: otro absurdo regalo del ausente.

Ya en la capital, cada vez que se
precipitaba en la bruma y el desánimo
—no comía, clausuraba las ventanas,
descolgaba el teléfono, fumaba y bebía hasta
el cansancio—, Ana se dejaba caer sobre el
piso de madera y fingía rociar la menta o
lavar las hojas de albahaca del pasado.

Sólo la memoria de ese jardín la
adormecía.

Ríos

Albricias a quienes creen y hacen buenas
obras, porque tendrán unos jardines donde
corren los ríos por debajo.

Intercambiables

En la guerra y en el sexo los cuerpos son intercambiables.

Djinn

Se dice —aunque sólo Dios distingue a
los iluminados de los necios— que fue al
escapar de Mosul cuando Laila se topó con
el djinn que ahora la acompaña.

Atrás habían quedado su hogar, la
sangre de Fariza, el minarete del Al-Hadba
y ella, vencida por el calor, se desvió de la
carretera. Extrajo de su alforja un pan dulce
y unos dátiles y se sentó bajo un cobertizo
de vigas chamuscadas.

Oyó entonces un zumbido que luego
identificó como un lamento. Provenía de un
montículo cercano. Laila excavó hasta que
sus manos se cubrieron con ampollas. De
entre la arena surgió el cuerpo maltrecho de
un djinn —verde y magullado—, atado de
brazos y piernas. De milagro respiraba.

Cuando Laila al fin lo hubo liberado,
el demonio del desierto se irguió —una

columna— y le hincó una daga en la
garganta.

Te mataré, le dijo. Los peshmergas me
enterraron aquí hace tres días. El primero
de ellos juré que entregaría todo el oro del
mundo a quien me rescatase. El segundo
prometí convertirme en su sirviente. Pero
al tercer día sin respuesta, aniquilado por el
hambre, decidí matar al primero que viniese.

Y has sido tú.

Aterrada, Laila se postró ante el djinn
y suplicó clemencia. Le narró el asesinato
de su padre y de su esposo y le habló de los
ojos de Fariza. No podía matarla, no ahora.
Con la ayuda del Clemente —enaltecido
sea—, él tenía que ayudarla a encontrar a
sus hermanos.

Al contemplar sus lágrimas como gotear
de perlas, el djinn se conmovió. De acuerdo,
mujer, te concedo tres deseos. Es más, te
acompañaré hasta que se cumpla el último
de ellos. Pero recuerda: al final no he de
faltar a mi palabra.

Ciudades

Ciudades como la mía, donde caminar se ha vuelto una amenaza.

Ciudades para la inconstancia y los motores.

Ciudades sin paseantes.

Desiertos.

Mártires

El muchacho sube al vehículo y, minucioso, otea por el retrovisor.

Toma el volante con parsimonia, como si jugase a las damas con su hermana.

Avanza a velocidad media para no errar la bocacalle.

Gira conforme a lo planeado hasta que divisa la mezquita y los herejes.

Desgrana el nombre del Profeta —la paz sea con él— y aparca en la acera izquierda, donde confluyen los peregrinos.

Muy pronto el jardín, se dice.

El estrépito cimbra todo el barrio.

Voces de alarma. Pánico. Lamentos. El lejano ulular de las sirenas.

La vida cotidiana.

Humanismo

El terrorista no desprecia la vida, como
sermonean los halcones. Sabe que es
la única divisa que puede intercambiar
con su enemigo. Cuando atenta contra
un mercado, una plaza o una escuela no
distingue nativos de extranjeros, negros
de blancos, árabes de kurdos, creyentes de
impíos. Más que los sabuesos que en vano lo
persiguen, demuestra que todos valemos lo
que un cuerpo.

El terrorismo también es un
humanismo.

Inocentes

No hay crimen: los inocentes irán de cualquier modo al paraíso.

Invasión

Ana se acostumbraba a mi presencia. Me dejaba acompañarla hasta la madrugada, contagiándome con esos destellos de humor que la volvían luminosa —nunca he visto una sonrisa más abierta—, luego preparaba un té de hierbabuena y me despedía sin reparos.

De vez en cuando nos acostábamos. Ella se desnudaba con premura y se tendía sobre las sábanas. A mí me correspondía el resto del trabajo.

Nuestra primera noche juntos fue producto de un descuido. Yo me abrazaba a su cintura y, cuando nos dimos cuenta de la hora —el reloj marcaba las seis de la mañana—, me susurró que no me fuera.

La rutina opera sus leyes inmutables: terminé por compartir su departamento —todo blanco sin mesas ni repisas— la mitad de la semana. Eso sí, obligado a simular que no había compromisos: nada de bañarnos juntos, lavar los platos o desayunar con los periódicos.

La invasión se extendía, inexorable, según el plan que había trazado.

Poco a poco Ana necesitaría mi cercanía, mi voz y mis consejos, y muy pronto sería incapaz de llegar al alba sin mi abrazo.

Consolarla

Era medianoche y me disponía a dormir en casa. Había asistido a otra pueril asamblea de intelectuales que no hacían sino relamerse las heridas: ninguno tenía agallas para desafiar al sistema y sus lisonjas.

Me recosté y, como siempre en aquellos meses, abrí mi breviario de Pessoa: "Siento la náusea de la humanidad vulgar que es, además, la única que hay. Y me obstino, a veces, en profundizar esa náusea, como se puede provocar un vómito para aliviarse del deseo de vomitar."

Me ardía la espalda. Paladeaba la acidez de mi saliva.

Sonó el teléfono pero cuando descolgué no había más que un repiqueteo.

Volví a Pessoa.

No lograba concentrarme. Marqué el número de Ana. Luego otra vez. Y otra.

Nada.

Tomé el coche y me precipité hacia su casa. Aunque reconocía la insensatez de aquel presentimiento, temía por ella: esa mañana se había peleado a gritos con la editora de su revista (jamás toleró las órdenes de nadie).

Corrí por las escaleras e irrumpí en el departamento oscuro y sin matices.

Ana me recibió sobresaltada: una camiseta amarilla y el contorno de sus piernas.

¿Estás bien?

Por supuesto, me contestó incómoda.

Volví a mi casa abatido. Qué necia voluntad de consolarla.

Víctimas

¿Por qué Kirkuk?

El djinn la confronta frunciendo el
entrecejo. Aquella poza, recién ocupada por
los combatientes del norte —sabandijas—,
arde en ansias de revancha. Durante el
reino del Abominable los nativos habían
sido mutilados o expulsados. Cada familia
supuraba al menos un cadáver.

¿Por qué Kirkuk?

Al djinn le fastidia la tozudez de
Laila. ¿Ese pantano lleno de sarnosas
plataformas y el codiciado flujo negro? Allí
nos consideran enemigos, nadie habrá de
cobijarnos.

Laila no escucha al demonio del desierto
(a veces le parece adolescente) y se adentra
en la ciudad de su marido.

Los nuevos amos exhiben su fuerza:
carros de combate merodean como hormigas
y hombres con fusiles de asalto —los dientes

de fuera— custodian los cruceros. Se respira
vapor de gasolina y, sí, el olor del miedo.

Los peregrinos se internan por lodosos
pasadizos. Laila reconoce los laberintos de su
barrio. Nadie los detiene —el djinn se hace
invisible— aunque los vecinos la escrutan
con recelo.

Una vez ante el portal de la familia de
Salih, las quejas florecen y la desesperanza.

Camiones atiborrados con muebles
y aparatos electrónicos custodiados como
lingotes entorpecen el camino: han vuelto los
antiguos propietarios y reclaman su pasado.

Un puro acto de justicia: alguien debe
pagar por las afrentas. ¿El Abominable y
sus esbirros? Esos siguen escondidos como
topos. Los de siempre: niños y mujeres
cuyos esposos han huido.

Intercambio de exilios, unas víctimas
por otras.

La hermana mayor de Salih —una
anciana de menos de cuarenta— recibe a
Laila sin cortesía. Está a punto de refugiarse
con una prima lejana, su casa ha sido
devuelta a un kurdo tullido y a sus hijos.

Las mujeres lloran y se despiden sin
tocarse.

El djinn permanece indiferente. ¿Y si
le concedes una casa?, le pregunta Laila de
vuelta en la carretera.

Podría, sí, pero te recuerdo que sólo te quedan dos deseos. Y tienes dos hermanos.

Sabina

Deambulé seis años en Atlanta: el
aeropuerto más transitado del planeta, la
cuna de la negra ambrosía de los pobres
—millones de adictos y yo mismo—, el
armario del que brotan todas las noticias.

Una ciudad sin ciudad.

En un confín, la blanca riqueza
atrincherada. En el resto, los negros.

La universidad me adjudicó una casita
en medio del bosque. Si por casualidad
quería ir a un cine del *downtown* en
domingo —maqueta de un futuro
deshabitado— debía caminar más de una
hora hasta la primera estación de metro,
no fuera a ser que un ejército de miserables
perturbara nuestras luces.

Una joven pálida, de cabellos
negrísimos, se asomó un día a mi cubículo.
El curso apenas iniciaba. Dijo llamarse

Sabina, ser ejecutiva y millonaria: gracias al auge tecnológico las acciones de su empresa se habían quintuplicado. Había leído mis artículos, estaba en viaje de negocios, le ilusionaba conocerme.

Apenas dijo más.

La llevé a mi casa del bosque al acabar la cena. Nos desnudamos con furia y en silencio. Cuando la invité a dormir insistió en marcharse de inmediato.

Como un ave migratoria volvió cada dos semanas. En una ocasión me regaló un poema —un poema para mí— y confesó que admiraba a Trotsky como a nadie. Era el reverso de Ana: sutil, callada, sin demandas. Mi deseo cumplido. Una muñeca de piel traslúcida.

Con el final del semestre concluyó nuestra rutina. Yo partí a Grecia de vacaciones y no pensé en despedirme. A la vuelta encontré en mi casillero un paquete de cartas. Poemas. En ninguno deslizaba un reclamo: metáforas aéreas, lluvia, versos que recordaban a Cavafis.

La olvidé sin darme cuenta.

Al desempacar en mi ciudad he encontrado esos poemas.

Los leo y los releo como si contuvieran una verdad que se me escapa.

Placer

La alabanza a Dios, quien hizo que el gran
placer del hombre resida en el umbral de
la mujer y que el gran placer de la mujer
resida en el instrumento del hombre,
de tal suerte que el umbral no se relaja,
no se regocija, no se pone en forma, no
se apacigua sino cuando el anhelado
instrumento lo penetra, y el instrumento no
se solaza ni se calma sino cuando entra en el
umbral.

La unión de éste con aquél, su
cohabitación, su encuentro, su unión
provocan la lucha, el sonido de clarines,
la batalla encarnizada y, tras la mezcla de
tupidos matorrales, el hombre con una
propensión al apisonamiento y la mujer
a un movimiento de ascenso y descenso,
acompañados de bruscas sacudidas, de
vacilaciones, de palabras dulces, de gemidos,

de ronroneos, de sonrisas, todo en la
aproximación simultánea de dos placeres
hasta la sensación suprema y la proyección.

Desconocidos

En medio del sudor y de la noche, ¿cómo distinguir una piel de otra? O, más bien, ¿cómo saber quién yace bajo el tacto y los humores?

Amamos cuerpos huecos: el deseo que fabrica nuestra urgencia.

Cuando se agotan los jadeos —la frágil iluminación de los impíos— reaparece el otro: de ahí el desasosiego.

Sólo copulamos con desconocidos.

Televisión

Me invitan a un programa sobre Oriente.
La conductora, estrella del periodismo
audiovisual —una vedete de pelo corto
y modales imperiosos—, me convence al
revelarme su pasión por mis diatribas. Desde
que volví a mi patria de hienas y fantasmas
me cuesta mostrarme huraño. De pronto me
intimida decir "no".

Ella es joven y brillante, más brillante
—sin duda— que nosotros, sus invitados.
Lo más desagradable es que todos
coincidimos: la invasión será un fracaso. Me
irrita la irritación de mis contertulios, tres
académicos vestidos de Zegna y un gordo
escritor de novelas policiacas que rivalizan
conmigo en amargura.

Me reconozco, dolido, en sus bravatas.
Casi me gustaría defender a mis antiguos
vecinos —la anciana del segundo con dos

nietos en la marina, la patriota del quinto y
su amante cubana, el jefe del departamento
de letras clásicas que glosaba el
bombardeo— para turbar su complacencia.

Todos vituperamos al cowboy y sus
mercenarios. Ninguno sabe, en cambio,
lo que sucede en esas tierras. Laila y
los suyos son abstracciones, nombres
impronunciables. Ráfagas de indignación.
Señuelos que nos permiten exhibir nuestra
ira en un show televisivo.

Lloraba

Ana lloraba luego del orgasmo. No a
causa de una alegría inabarcable o la ciega
melancolía *post coitum*: el menor contacto la
escocía. Como si en vez de amarla la hubiese
desollado.

Cielo

Laila levanta la mirada y es como si hubiese
lazos tendidos en el cielo. Diez, veinte
tramas rectilíneas. Admira su instantánea
belleza. Pero no entiende cómo alguien
pueda sobrevivir a sus graznidos.

Zozobra

Laila no conoce otra cosa que el combate.
El día de su nacimiento el Abominable
ordenó bañar con fuego siete poblados
enemigos (y los persas respondieron con
ruda simetría). Un tío materno, siete primos
y varios amigos de su padre, entonces
enrolado como médico en la Sexta División
Armada, jamás regresaron a sus casas.
La calma que siguió al armisticio —a la
victoria según las radios oficiales— duró un
parpadeo.
     Su primer día en la escuela elemental,
Laila se vio obligada a alabar al Rey del
Universo —enaltecido sea— por la gloriosa
recuperación de las tierras de Kuwait. Fue
entonces cuando por primera vez advirtió
estelas en el cielo y sufrió con su rugido.
Otros siete miembros de su tribu fueron
enlistados y no se supo más de ellos.

Aunque las últimas escaramuzas cesaron mientras Laila aún jugaba con muñecas, los secuestros en su ciudad nunca cesaron.

Mosul quedó en la zona de exclusión aérea trazada por los vencedores, pero ello no protegió a la ciudad de las bárbaras represalias de la Quinta División Armada. Tres pilares de su tribu fueron arrestados y acusados de traidores. Los oficios de su padre, bien conectado en el Partido, no impidieron sus fusilamientos. Cuatro de sus compañeros, todos kurdos, jamás volvieron a las aulas.

Laila creció en la zozobra —incluso su familia racionaba la carne y los huevos—, con la certeza de que la calma era un cristal que siempre terminaba por quebrarse.

Así fue.

En el otro extremo del mundo las torres fueron abatidas y empezó la cuenta atrás. Su padre y su marido rezaban cada tarde frente a la pantalla.

Engaño

Ana no dudaba: yo la había engañado
en decenas de ocasiones y borrado mis
huellas con pericia. Jamás me reclamó:
los celos le parecían, más que inútiles,
vulgares. Dominaba la pobre naturaleza
de los machos —le fascinaban los chistes
feministas— y no perdía el tiempo
tratando de frenar nuestros impulsos de
gorilas.

Le dolía, si acaso, su perspicacia
escarnecida y se vengaba con desplantes o
caprichos. Yo estaba obligado a resarcirla.

Lo peor es que se equivocaba.

Mientras estuve con ella nunca me
acosté con otra mujer. No estoy seguro
del motivo —descarto el miedo, el
enamoramiento o la virtud— pero así fue.
Entonces vivía una vida única. Tras dejar a
Ana ésta se quebró como un espejo y cada

fragmento reclamó una porción de mi deseo. Mi cuerpo ya no sabría subsistir sin otros cuerpos.

Reír

Aun sumida en sus abismos, Ana contaba historias que hacían reír incluso al más severo. Yo confiaba en que esa lucidez la salvaría.

Burbuja

Crecí en el interior de una burbuja, como el niño de esa película de los domingos. La mía era cuadrada, semejante a una traslúcida tienda de campaña.

El asma me reservó allí horas incombustibles, extraterrestre en una nave espacial a la deriva.

En la adolescencia el mal remitió. Poco a poco me integré a la normalidad de este planeta —los juegos a la intemperie, el sexo, la ambición— y llegué a hacerme cargo de mí mismo.

La burbuja, en cambio, permanece.

Hermano

He visto a mi hermano después de quince años. Cuando abandoné mi patria él se abismaba en el rock, las drogas y la culpa. Leía a Kerouac y Bukowski, ahogado por estudiar contaduría. Llevaba el pelo largo, tatuajes y jeans raídos —cómo los odiaba nuestro padre— y acababa de descubrir que su novia estaba embarazada.

La injusticia del mundo había arruinado cada uno de sus planes: eso decía.

A partir de entonces apenas tuve, apenas quise tener noticias suyas. Fue peregrino en Oaxaca y la India, mendigo en Playa del Carmen, aspirante a baterista y autor de poemas sobre la fiebre y el reino de la nada. Robó, traficó, buscó alivio en Krishna y el psicoanálisis. Hace unos meses, fatigado, encontró un trabajo de escritorio en una productora.

Hoy me ha sorprendido su tez quemada y su fría compostura. Es un sobreviviente.

Charlamos toda la tarde, me mostró las fotos de su hija —una adolescente luminosa con un piercing en los labios— y me detalló sus tropiezos y su huida. Detrás de su relato, el justo reproche por mi ausencia.

Al salir del café me ha parecido idéntico a mí mismo. Pero su dolor siempre me fue extraño.

Noticias

Sepultado bajo la nieve de Ithaca, a treinta
grados bajo cero —lejos de todo—,
me enteré de la muerte de mi anciana
tía Graciela. Cada viernes nos llevaba
chocolates a mi hermano y a mí.
      Cada viernes.
      Recibí la noticia con la misma insípida
tristeza que luego habría de causarme el
derrumbe de las torres.

Ideología

Ana era más radical —valdría decir:
estaba más enojada con el mundo— que
yo mismo. No había leído a Bakunin ni a
Kropotkin ni, para el caso, al Toni Negri
que yo le descubría en esa época: su
anarquismo era autobiográfico.

Por definición los políticos le parecían
hienas siempre hambrientas (fue ella
quien lo dijo) y no dejaba de satirizar su
mediocridad o su perfidia.

No soporto que finjan preocuparse por
los otros, subrayaba. Habría que ponerlos en
fila y caparlos uno a uno.

Hace quince años yo era un tipo
sensato y anhelaba la utopía democrática
(el imperio de los mediocres, según ella).
Odiaba al Partido, por supuesto, pero
confiaba en el cambio paulatino. Ana
juzgaba mis argumentos infantiles: las

bestias que nos gobiernan nunca serán redimidas, los define la avidez y la falta de memoria.

Nuestras disputas ideológicas terminaban en dramas de alcoba. Yo defendía cierta mesura, la necesidad del compromiso, mientras ella insistía en mantenerse lejos del poder y sus insectos.

El fraude le dio la razón: te lo dije, no soltarán el dinero, antes muertos.

Entonces Ana y yo librábamos nuestras últimas batallas.

Desde que abandoné mi patria, desde que la abandoné a ella, he tratado de corregir aquel error. Y apropiarme de su ira.

Centro

Sólo aspiro a carecer de centro.

Cuerpos

El djinn le hace a Laila una mueca
imperiosa: cúbrete la nariz y aparta la
mirada. Ella obedece a lo primero pero no
ataja su curiosidad, ancestral virtud de las
mujeres. Sus pupilas no tardan en enfocar lo
que no debe contemplarse.

Cuerpos.

Una hilera de cuerpos al lado de la
carretera. Uno tras otro como durmientes de
una vía abandonada. Cubiertos con jirones
parduscos, tierra y sangre reseca.

Uno tras otro, allí, a la intemperie.
Docenas. Mutilados, exhibidos. Sin
sepultura.

Una imagen que Laila sólo ha visto
en las películas. Ideal para un premio de
fotoperiodismo. Aunque esta vez no hay
quien ajuste el obturador: apenas ella y el
djinn pasan a su lado.

Éste la toma de la mano: debemos irnos.

Laila no se mueve.

¿Qué te ocurre, mujer?

La muchacha se aproxima a uno de los cuerpos, admira su rostro —le faltan los dientes—, cierra sus párpados y se impregna con su hedor de días. A continuación hace lo mismo con los demás.

El djinn no oculta su disgusto.

Al terminar —ya anochece— ella eleva una plegaria: Señor de los Mundos, que su dolor quede inscrito en mi dolor.

Basta

Una noche, de buenas a primeras, Ana
me dijo —o más bien se dijo— basta. Un
impulso irrefrenable. Después de tanta
angustia, después de años de empecinado
sufrimiento. Quizás exagero, presa de atroz
romanticismo, pero nunca me pareció más
dulce ni más hermosa.

Barría el piso, antes había vaciado los
cajones y se disponía a regalar su colección
de pipas y todas sus reservas. No la movían
la culpa ni mi batería de chantajes. Lo hacía
por sí misma.

Ayer fui a uno de esos grupos de ayuda,
me explicó, aunque no me atreví a abrir la
boca.

Así comenzó su cura. Me hirió que fuese
su victoria y no la mía.

Embajadores

A instancias de mis amigos diplomáticos, cada vez más relamidos, el nuevo canciller me invita a dirigir unas palabras en la comida anual de embajadores. No sé por qué lo hace: ha sido un entusiasta de la guerra y procura no incordiar a nuestros vecinos. Es un tipo enjuto y obsequioso —y, se dice, rudo y altanero—, anclado en la suavidad de sus modales: lagartija encorbatada.

Jamás en mi carrera he sido tan violento. Arremeto contra el cowboy oligofrénico y sus amigos petroleros. Contra Gran Bretaña y demás buitres. Contra los activistas que gozan inmolándose. Contra Dios, fuente de todas las calamidades. Contra la esclerosis de Naciones Unidas. Contra nuestra abúlica política exterior y sus toscos operarios. Y desde luego contra la lagartija que gentilmente me convoca.

Al final, un bloque de silencio. Aplausos aislados y alguna risa. La irónica satisfacción de mis amigos: saboteadores profesionales.

No me he atrevido a hablar de Laila.

Telaraña

Dios era una telaraña. Arrasada, no queda trazo, ni el más sutil, que nos sostenga. Se dispersaron los prójimos. Y todos sabemos cuán fútil es amarse a uno mismo.

Venganza

Mi educación sentimental se inició muy tarde, con varios fracasos al hilo. La mezcla de una escuela de varones con mi timidez empecinada me apartó de las mujeres hasta que cumplí veinte años. Antes no existían o existían como quimeras: alienígenas con nalgas prominentes.

En la universidad me enamoré de la primera mujer que me habló de Marx. Un año mayor, también estudiaba ciencia política. Ambiciosa, melancólica, sólo podía sojuzgarme: sufría por cualquier minucia y yo descubrí el placer de consolarla. Jamás le revelé mi infatuación, jamás toqué sus labios. Me conformé con ser su confidente. Al cabo de unos meses anunció su noviazgo con mi mejor amigo.

No escarmenté: la sustituí con una bailarina larga y errática. Con tenacidad adolescente exacerbé con ella la torpeza ya ensayada. Nos volvimos inseparables. Ella, *femme fatale* con los senos de una niña, enumeraba ante mí los nombres que pasaban por su cama.

Tampoco le revelé mi secreto.

Su padre alcohólico la había abandonado —tema con infinitas variaciones— y yo comprendía su desdicha. Le entregué cuanto tenía: consejos, dinero, mi alma, para luego poder cobrar como usurero. Algún día tendría que devolverme mi cariño.

Sin previo aviso me exigió que dejase de buscarla. Tú tienes tu vida y yo la mía.

Enfurecí, lloré, me dediqué a perseguirla por teatros y salas de ensayo. La esperé hasta el amanecer en el umbral del multifamiliar donde vivía con su hermana: cuando llegó, visibles los estragos de la fiesta, me echó como a un mendigo.

Nada nos une, ¿no lo entiendes?

Años más tarde —me aburría ya en Atlanta— recibí una carta suya. Lo siento, no sé por qué lo hice, yo también te quería.

Demasiado tarde: después de ella empecé a cobrar revancha. Desde entonces, pueril defensa, no he dejado de vengarme.

Semejanza

Mi padre y mi hermana fueron detenidos
por la Mujabarat hace unas semanas. Se los
llevaron en una limusina negra escoltada
por diez motociclistas. Todos los vecinos del
barrio sabían que él era piadoso como nadie:
un hombre santo. Lo amarraron a una silla y
le afeitaron la barba (el peor insulto para un
clérigo). Luego lo obligaron a mirar cómo
desnudaban a su hija y cómo la vejaban
una y otra vez hasta sangrarla. Perra, puta,
la zaherían. Mi padre callaba. Le clavaron
agujas en los ojos. Le patearon los testículos.
Desgarraron su pecho con hierros candentes.
Lo azotaron hasta que perdió el sentido. Por
fin, tras lentas horas de suplicio, le cortaron
la garganta. Y, como si no fuera suficiente,
los impíos quemaron su cadáver.

Laila escucha el relato del peregrino
entre sollozos. El djinn escupe tres veces

en la arena. Que un hombre le haga esto a otro hombre prueba que la semejanza es irrelevante.

Dolor

¿Sólo es dolor el dolor propio?

Eco

Repasémoslo con calma.
Nacimos condenados.
Para salvarnos, Dios —enaltecido sea—
nos envía nada menos que a su Hijo.
En vez de cubrirlo de alabanzas,
nosotros lo torturamos y al cabo lo
matamos.
Qué burdo eco en el desierto.

Enemigo

Las primeras semanas nos llenaron de
esperanzas. Ana acudía a sus sesiones
y diseñaba la estrategia para vencerse
a sí misma. Por las noches reaparecía
vital, incandescente. El futuro no existía
para ella, sólo esas veinticuatro horas
de serenidad y de cordura: el fin de su
errancia ingobernable.

Le fascinaba romper su juramento y, en
relatos que se prolongaban hasta el alba, me
exhibía las oscuridades de sus compañeros.

Una niña de catorce enganchada a
la heroína. Una señora de alta sociedad
atiborrada de calmantes. Un abogado de
empresa melancólico. Dos secretarias (una
bilingüe) en busca de emociones. Un físico
teórico curtido en mescalina. Una maestra
de jardín de niños y dos universitarias
expertas en anfetaminas y ansiolíticos.

Una saga. Desmenuzábamos su desventura con precisión de cirujanos: ellos emergían de su strip-tease terapéutico y Ana los integraba a nuestra familia imaginaria.

Fue Dios —enaltecido sea— quien destruyó esa armonía.

Según Ana, los miembros de su grupo estaban obligados a encomendarse a una fuerza superior: somos débiles y sólo con Su auxilio saldremos adelante.

Hasta entonces Ana había sido atea y ahora se entregaba a un ser que reconocía caprichoso y absurdo. Durante meses de llanto y desatino yo había sido su único consuelo. No iba a permitir que Él, con su soberbia omnipresente, pretendiese quedarse con el crédito.

Exilio

Cercado entre bosques y colinas, cada mañana copiaba a la anterior.

Alzarme amodorrado, forrarme con un abrigo de plumas, perorar un par de horas sobre dictadores latinoamericanos, mascar un sándwich de vegetales, añadir tres líneas a un *paper* desabrido.

El eterno retorno o, mejor, el tedio eterno. Un oasis en medio de las guerras. Y allá, muy lejos, el mundo como nuestra fantasía de topos académicos.

Quince años así, en un exilio que no era tanto de mi patria como del resto de los mortales. Ya había olvidado unos ojos mirándome a los ojos.

Espejos

Los espejos son abominables porque apenas distinguen tu rostro de otros rostros.

Diálogo

¿Tienes que creer para curarte?

Debes aceptar tu flaqueza: sola jamás lo lograría.

¿Y si no hay Dios?

Si en verdad buscas salvarte, Dios existe.

Entonces es una metáfora.

Piensa lo que gustes.

Ana, tu rehabilitación no depende de la fe, sino de la voluntad.

¿Celos de Dios? Eres patético.

Hermanos

Caen las bombas como dátiles maduros,
pero Laila no se detiene. No la frenan
las llagas en los pies ni las quemaduras
en el rostro. El djinn le ha dicho que sus
hermanos se esconden en Bagdad.

    ¿A salvo?

    El demonio del desierto consulta
el movimiento de los astros y no puede
confirmarlo: tal vez un jeque los protege o
yacen como perros en prisión o preparan
minuciosamente un atentado.

    A Laila sólo le importa que respiren.

Espejismos

La carnicería en Oriente es producto de un
cruce de espejismos.
    Que Dios conduce a sus ejércitos.
    Y que prevalece la fe sobre las víctimas.

Paraíso

Se le preguntó al Profeta —Dios lo bendiga
y salve—: ¿los habitantes del paraíso realizan
el acto sexual? Respondió éste: sí, por el
que tiene mi alma en su mano, empujando
con el pene, que jamás se cansa, y sin que la
vagina sangre ni el deseo carnal mengüe.

Ventana

Mi cuarto tenía una ventana desde donde se veía el pequeño jardín —dos metros cuadrados a lo sumo— que mi padre cultivaba los domingos. Yo lo admiraba a través del vidrio cuando el asma doblegaba mis pulmones: el pasto recién cortado y la simetría de los arbustos eran el mejor aliciente de mi cura.

Como cada fin de semana, he ido a comer a casa de mis padres. En el fondo del patio descubro una selva en miniatura: matojos desechos, raíces sueltas, hiedra serpenteando, hojas invadidas por gusanos. Flores marchitas.

Sofía

Un sinfín de coincidencias marcó mi
ardua relación con Sofía. Tropezamos en
un congreso en Rhode Island, una isla
que no es una isla, cuando ella, alumna
de relaciones internacionales a punto de
graduarse, presentó un *paper* con los mismos
argumentos que yo balbucía en otra sala.

Al término de una de las cenas oficiales
le propuse escapar juntos. En Providence
todo se muere a las ocho de la noche, se
mofó ella, y salimos a recorrer las calles en
penumbra.

Tenía veintitrés años. Ya en mi
habitación —fumaba desnuda— agotó
las botellitas del minibar y desmenuzó en
perfecto inglés las tesis de Feuerbach y las
razones que la impulsaban al suicidio.

Nos reencontramos ocho o nueve veces
en París, Cambridge y Copenhague. Pocas

veces contemplé dos voluntades tan opuestas —cada decisión era producto de un áspero tratado— pero me estremecía el olor de su piel y la idea de escucharla.

El alcohol la trastocaba: su timidez derivaba en acrimonia y luego en una tristeza inmensurable. Consciente de mis fracasos anteriores ni siquiera me esforcé por rescatarla.

Una noche en Filadelfia me dijo que me amaba. Fingí no escucharla en medio de la música. A partir de esa noche me rehuyó y, cuando no tuvo más remedio —no dejé de llamarla—, me dijo ciego y pusilánime.

Se casó con otro de mis amigos. Me devolvió mis cartas y los libros que le había dedicado. Nos topamos en reuniones y en la calle, en sitios igualmente inesperados, y nos costó darnos un abrazo.

Hace una semana la encontré en una exposición acompañada por su esposo: me saludó con euforia repentina. Los invité a tomar unos tragos a mi casa, charlamos hasta la madrugada y al final ella me acarició suavemente la mejilla.

Ayer tuvo un accidente y murió al cabo de unas horas. No dejo de preguntarme qué significó en mi vida. O qué signifiqué en la suya. El olor de su piel y el silencio de Filadelfia aún me destemplan.

Máscaras

En tu patria la gente nunca dice la verdad.
Para Hélène, francesa y aguda como un
sable —profesora de letras modernas en
Cornell—, ésta es la condición que nos
define. Mienten todo el tiempo, sin darse
cuenta, por deporte.

Como siempre, Hélène acertaba: somos
elusivos, hiperbólicos —fantoches—,
protegidos por nuestras máscaras de látex
(Paz lo dijo). Edulcoramos nuestros gestos:
la cortesía como variedad extrema del recelo.

La opinión de Hélène me define. Cínico
y feroz en silencio, morigerado y tibio a viva
voz.

CNN

Un hombre encapuchado decapita a otro en vivo y en directo.
Lo miramos y lo miramos.
Y no dejamos de mirarlo.

Adolescencia

Tu adolescencia sin mujeres te causó un
daño irreversible, diagnosticó Ana después
de hacer el amor. En nuestro cuerpo
no anida el paraíso. Si sigues así tarde o
temprano acabarás por destruirnos.

Salvar

La encontré tendida en la cama como si durmiera. Plácida, tranquila. Sin el dramatismo de las telenovelas: nada de frascos vacíos en la alfombra o de navajas en el lavabo.

Las lágrimas habían dejado una estela luminosa en sus mejillas. Recogí su cabeza y la acuné en mis brazos durante horas. Quizás de todos modos hubiese despertado. Para ella —y para la posteridad— fui yo quien le impidió hacerse daño.

Ése fue el auténtico inicio de nuestra historia. Nuestro vertiginoso camino hacia el adiós.

Lujuria

Si dedicase a la compasión el tiempo que dedico a la lujuria.

Extraños

Juzga a los extraños casi inofensivos:
trasiegan cosas de aquí para allá —cajas
de aluminio, radios, mochilas— bajo la
luz del desierto, ajenos al pasmo de los
mirones. Carecen de ojos: escudados tras
sus viseras de plástico amarillo, a Laila
le recuerdan a los androides de las series
japonesas.

¿Vengadores, misioneros? Boy scouts
que cumplen de mala gana sus faenas.

Aunque los camiones de asalto
obstruyen la carretera, ella insta al djinn a
seguir adelante. Éste se hace del tamaño de
una lenteja y se introduce en su alforja.

Laila se abre paso hacia el puesto de
control pero un tórax gigantesco la detiene.

Antes de que el djinn pueda defenderla,
el invasor la toma por los hombros y, con la

delicadeza que permiten sus enormes brazos —sacrilegio—, la arroja al suelo.

La muchedumbre se agita: el perro infiel ha mancillado el cuerpo de una viuda.

El batallón alista sus armas.

Déjame pasar, pide Laila en pulcro inglés (el sargento o lo que sea no oculta su sorpresa). Mis hermanos están en Bagdad, debo encontrarlos.

¡Hacia atrás! En el grito del extraño no hay ira, apenas aspereza.

Me quedaré aquí hasta que pueda continuar, le suelta ella.

Leila se acomoda sobre unas piedras, extrae la flauta de su alforja y entona una tensa melodía.

Buscar

Desde que volví de mi patria de hienas y fantasmas la idea no ha dejado de vejarme. Miento: me hiere desde hace quince años. Buscar a Ana.

La memoria de sus ojos me sepulta entre las sábanas.

Carácter

Una década atrás mi padre era el símbolo de la voluntad y del coraje. De niño me servía de coraza: no dudo que hubiese matado con sus manos con tal de protegernos. Atesoraba la fuerza y la voluntad, o acaso las dos cosas sean la misma.

Recuerdo cuando se batió con unos asaltantes en la colonia de los Doctores (tenía sesenta años). En el último momento —el ladrón acariciaba ya el gatillo— lo salvó la policía. El temor no cabía en su conducta, justo lo contrario de mi madre.

Un día se quebró. Llegó a la edad de jubilarse y dejó de creerse útil. Siguió combatiendo con mi hermano. Las piernas comenzaron a fallarle. Todo eso y también un vacío sin causa: esa perdición que recibe el nombre de carácter.

La felicidad siempre le representó
una conquista y ya ha dejado de buscarla.
Abandonó la música, los libros, sus pasiones.
Ha huido incluso de la gente y de las calles.
No hay modo de aliviarlo. El temperamento
que antes lo impulsaba hoy lo pertrecha:
imposible luchar contra su férrea convicción
de no hacer nada.

Mi madre fue bendecida por otros
dioses: le es tan simple ser feliz sin
cuestionarse. Ahora ella lo cuida y escucha
cada una de sus quejas. Siempre que los
visito me derrumbo ante el error que los
contrasta.

Occidente

Occidente amenazado. Nuestra civilización y nuestros valores en peligro.

Auge de comerciantes y profetas.

Septiembre

Revisaba el correo electrónico en mi cubículo de Emory, ese limbo a salvo de las horas, cuando recibí la agitada llamada de un colega. Corroboré la información en la pantalla —esas primeras letras vacilantes— y corrí al salón de profesores.

Admiré allí el grácil trayecto del segundo avión y el inverosímil desplome del vidrio y el concreto.

No experimenté alegría ni tristeza. Tampoco la rabia de mis colegas. Acaso un vago sobresalto y la necesidad de contárselo a alguien en mi patria.

Ocupación

Tras el incidente no me aparté de Ana ni un minuto.

Acaricié sus manos, admiré su lánguida belleza, combatí su tedio con chistes sobre la infidelidad o los vicios de mis amigos.

La obligué a enfrentar los noticieros y a bullir con los desatinos de los candidatos.

Ahuyenté sus remordimientos.

Le devolví la risa.

Y, sin que se diese cuenta, me apoderé de su futuro.

Libro

Las religiones del Libro también veneran las erratas.

Sintaxis

Cuando mueran mis padres —no alcanzo
siquiera a pronunciarlo— el mundo se
despojará de su sintaxis.

Arrepentido

La señora Pilar era dulce, guapa, la mujer
ideal con que fantaseaban mis amigos. Su
cabello negro, perfectamente acomodado,
caía sobre sus trajes sastre como un velo.

A los hermanos que nos educaban
—yo estaba en quinto de primaria— les
pareció una idea moderna y atrevida que
una viuda católica nos instruyese sobre las
cosas del sexo: su madurez contrarrestaría la
ignorancia y el machismo de las aulas.

Yo la adoraba. Su dolor y su entereza
la convertían para mí en una mártir. Pinté
un Cristo para ella, un Cristo lánguido y
sangrante, y se lo regalé enfrente de todos.

Creo que estaba enamorado de la señora
Pilar.

Tras explicarnos la pureza de la Virgen
y el ombligo de los ángeles, llegó al único
tema que en verdad nos concernía. Nos

dijo, con la candidez de quien no duda, que masturbarse era un pecado aborrecible. Al caer en la lujuria asesinábamos a miles de niños en potencia.

Así nos dijo, sin dudarlo.

No es de risa: ese día la dulce señora Pilar hizo de mí un criminal siempre arrepentido.

Hijo

Quiero un hijo, Ana.
Bajo su cuerpo febril y decidido en
verdad yo lo creía.
O deseaba creerlo.
O no quería perderla.
O la amaba.

Desgastan

Todos los amores se desgastan, todos. El
tiempo los corroe como un ácido. Tu rostro
se vuelve anodino y al cabo aborrecible.
Hay quienes se acostumbran a este horror
cotidiano y su felicidad está en negarlo.
Otros huimos ante el primer síntoma.

Alegría

Existe, claro, otra posibilidad. Los alemanes, tan aficionados a los abismos, la llaman *Schadenfreude*.

La alegría ante el dolor ajeno.

Paz

Cuando Laila al fin se acerca a las puertas de la capital —el descampado se pierde entre chabolas— la guerra ha concluido. Eso repiten día y noche los voceros del Pentágono. La fiera resistencia prometida por el Abominable y sus secuaces —ese ministro que rabiaba en televisión mientras los enemigos se adentraban en su barrio— sólo fue otra bravata: los extranjeros ocuparon palacios y oficinas sin apenas un disparo.

Pero los halcones que predijeron una fiesta también se equivocaban.

Como ocurrió en tiempo de los mongoles, Bagdad es un cadáver cuyos trozos se disputan las aves de rapiña. Sólo que esta vez los culpables —el Altísimo castigue sus ofensas— son sus hijos.

Ante la mirada indiferente de los soldados, demasiado entretenidos con su triunfo, cientos de jóvenes sin fe y sin memoria arrasan la ciudad e imponen el gobierno de la nada.

Saquean cada comercio sin resguardo, escuelas, hospitales.

Vacían la Biblioteca y el Museo.

Quiebran vidrieras y apalean a sus dueños.

Asesinan a quien busca detenerlos.

No dejan piedra sobre piedra.

Ésta es la paz que los salvadores prometieron.

Valeria

Reconozco que Valeria me lo advirtió desde el inicio: amo a Rodrigo, sin él me muero. Rodrigo permanecía en nuestra patria, a horas de viaje de Ithaca, donde ella malvivía redactando una tesis sobre templos bizantinos.

Su amor por Rodrigo le impedía una sola cosa: dejarse penetrar. Todo lo demás estaba más o menos permitido. Me excitó el reto de una chica que, con sus rizos renacentistas y sus mohines infantiles, se revelaba tan perversa.

La ley se cumplió a rajatabla. Viajamos por Maine, Vermont y Canadá, compartimos la misma cama, nos entrelazamos desnudos y nunca quebrantamos la prohibición originaria.

¿Gozaba yo con su dominio? Tal vez pretendía minar su resistencia: al cabo terminaría enamorándose o reconocería que Rodrigo no existía. Puro orgullo.

Aunque jamás hablaba de sí misma, no tardé en averiguar que, aparte de mí, Valeria mantenía pactos semejantes con dos colegas. Al parecer todos respetábamos sus condiciones: admiro su poder y su osadía.

Creo que al final llegué a importarle —o entrevió mi angustia— porque luego de un concierto en Montreal me dijo que debíamos separarnos. La odié y descubrí que su piel se me había vuelto indispensable.

Supe que al poco tiempo rompió con Rodrigo y que ahora vive con un guionista. No sé por qué su memoria aún me irrita.

Otro

Estar con alguien y pensar siempre en otro.

Confesión

Ni siquiera de niño, cuando me asumía
católico, toleré el sacramento de la
confesión.

Alguien escucha tu maldad en medio de
las sombras.

Alguien te perdona.

Qué mayor concentración de poder y de
soberbia.

Sólo una vez me sometí a esa
humillación: aún me estorban mis
palabras. Tampoco soporto el psicoanálisis
ni otras variedades de lo mismo. Uno
debe identificar su dolor y su deseo y
resguardarlos con vergüenza.

Me contradigo: dejo aquí, viles, estas
páginas.

Pecado

¿Existe un pecado más vulgar, más siniestro, que hacer cualquier cosa, cualquiera, con tal de llegar al paraíso?

Insomne

Serían las cuatro de la madrugada y Ana no
se detenía.

Hablaba del abandono de su padre.

De lo poco que le importaba el
abandono de su padre.

De los golpes de su padre.

De la amargura de su padre.

Del vacío.

De las peleas cotidianas con su madre
(se llamaban seis veces al día).

De los regaños de su madre.

Del cariño de su madre.

De la muerte.

De su vida anodina e incompleta (la de
Ana).

De su odio a las obligaciones y al
trabajo.

De su falta de tesón y de talento.

De las arrugas que enmarcaban sus labios.

De la vejez (tenía veintisiete).

De la frivolidad de sus amigas.

De su propia frivolidad.

De Dios.

De su padre.

Del abandono de su padre.

De lo poco que le importaba el abandono de su padre.

Del vacío.

De las cataratas de su madre.

De mí.

De mi carácter volátil y evasivo.

De mis máscaras.

Del miedo a que yo la abandonase.

De su adicción.

De Dios.

De los golpes de su padre.

Del miedo a que yo la abandonase.

De su deseo de tener un hijo.

De su padre.

De su madre.

De mi renuncia a tener un hijo.

De Dios.

De la muerte.

Así hasta el alba. Insomne. Irrefrenable.

Desinterés

Todo me derruía. Hasta los quince sobreviví
custodiado por un miedo irreprimible
—el miedo contagioso de mi madre— y
la timidez que era un larguísimo pasillo.
Cualquier detalle se volvía una tragedia:
la diarrea de mi perro, un disco rayado
(empezaba a adorar las sinfonías), los pleitos
con mi hermano, la distancia o la envidia o
el malhumor de mis amigos.
     Otras certezas me aniquilaban: el
inminente divorcio de mis padres (llevan
cincuenta años de casados), la miseria y
el llanto ajenos y esa imposibilidad de
comprender a los demás que yo vivía como
incomprensión de los demás hacia mí.
     Yo también pensé en el suicidio —el
mejor antídoto contra el insomnio, leía
en Cioran— y me hundía, gozoso, en mis
pantanos.

Para conjurar el desorden, y la opresión que de éste derivaba, me fijé un patrón de conducta inalterable. Ni por error infringía mi rutina, mi torpe rutina adolescente. Dibujaba superhéroes de nítidos perfiles y protegía con la vida mis juguetes. Diez veces al día constataba que el zaguán estuviese bien cerrado para prevenir la huida de mi perro.

A los quince, mientras Nietzsche me invadía —y yo extraviaba la fe—, decidí abjurar de aquella angustia. Racionalmente, como quien se cambia de casa o de oficina, descubrí que ya no toleraba ser como era.

A mis amigos les sorprende la aparente lucidez de aquel muchacho.

A mí me asusta.

Con el tiempo desterré algunos temores, aligeré mi carga. Para lograrlo, sustituí la extrema sensibilidad con dosis de pura indiferencia. Ahora muy pocas cosas me duelen o me importan, apenas aquellas que juzgo importantes o dolorosas.

El esfuerzo, creo, valió la pena. El precio: un genuino desinterés hacia los otros.

ع

Mariana

Para rebatir la francofilia de mis padres me
incliné por lo alemán. No tan pueril, a los
dieciocho comprendí que en el francés podía
encontrar una salida menos tediosa.
En el primer curso apareció una quinceañera
que me intimidó mientras aprendíamos
a distinguir *avoir* de *être*. Blanquísima,
con ojos de avellanas, curiosa y osada,
el modelo que luego habría de guiar mis
búsquedas.

Además, Mariana era judía: un mundo
nuevo.

Solía acompañarla a su casa al final
de las lecciones y las manos me sudaban.
Me asediaba con preguntas, consciente
de la inquietud que me causaba, y yo le
respondía con citas balbuceantes.

Después de pensarlo y repensarlo
me atreví a acariciar su hombro: ella

se desprendió de mi timidez como del revoloteo de un mosquito.

Pasó un año en un kibutz y volvió más hermosa e inaprensible: ya no podría estar con alguien que no supiese cómo amarme, me dijo. En Israel había sufrido una "pasión aterradora", explicó en uno de los poemas eróticos que entonces escribía.

Poco a poco el vínculo que nos unía se volvió inquebrantable. Nos admirábamos y acaso nos temíamos. Fue la primera mujer que yo deseé, y la deseé con fiereza.

Mariana disfrutaba al exhibir su desnudez y sus ideas. Todos mis amigos codiciaban su cuerpo e incluso alguno, ay, venció sus resistencias. Al final ella lo rechazó y lo comparó con el vacío.

Vi desfilar incontables hombres por su camino y envidié uno a uno. Mariana en cambio ya no alcanzó a distinguir a las mujeres que se cruzaron por el mío y no adivina, quizá, que en cada una hay algo suyo.

Cansada del tránsito de nombres y de cuerpos —la afección que me contagió sin darse cuenta—, renunció a las lisonjas y el peligro y se casó con el chico judío que su familia siempre había anhelado. ¿Claudicó? Exploró más bien la rebeldía de la rebeldía. Tuvo dos hijos y se exilió en la cruel serenidad de un suburbio neoyorquino.

Han pasado más de veinte años desde nuestras clases de francés y en la última década casi no nos hemos encontrado. Nuestras vidas cotidianas no podrían ser más distantes. Mi deseo por ella es el mismo.

Poder

Aborrezco el poder y sus fantasmas y no he hecho sino dejarme seducir por sus hedores. Ana tenía razón. Una mosca fascinada con la mierda.

Irrumpen

¿Qué diablos me importan Laila, el djinn y su tormento? ¿Por qué hacerlos irrumpir en la abrupta intimidad que por una vez en la vida me concedo?

Rutina

El color de las toallas. Comida china o
italiana. Una película de autor o Julia
Roberts. Aquí molesta el sol, vamos a
la sombra. Pésima tu sopa de verduras.
El orden de los cepillos de dientes en el
baño. Esta ruta o aquella. ¡Da vuelta en
esa esquina! ¡Lo olvidaste! El maldito
aguacero. Volviste a dejar tus pantalones
en el suelo. ¿No te cansas de Bach y de
la ópera? La pintura es azul, más azul
o muy azul. Tú haz la fila. Primero
desayunar o hacer la compra. ¡De nuevo
tarde! Cenar con tus amigos o los míos.
No me pasa nada. ¡Eres insoportable!
Nuestra frívola guerra cotidiana.

Voluntades

Las voluntades como los cuerpos no pueden
ocupar el mismo espacio.

Incomodidad

Desperté y sentí una abrupta incomodidad
en todo el cuerpo. La recámara de Ana, sus
sábanas limpísimas, el calor de su cuerpo se
me hacían de pronto tan ajenos. La noche
anterior habíamos reído como nunca y
habíamos gozado hasta dormirnos.

 ¿Por qué ese encono súbito?

 Miré su piel desnuda —amanecía—,
la tibia extensión de su espalda, y quise
marcharme de inmediato. Estar en cualquier
otro lugar, lo más lejos posible.

 La ansiedad electrizaba cada uno de mis
músculos.

 Ana se desperezó al mediodía y,
avergonzado de mí mismo, fingí una cita de
trabajo.

Ley

Amar a alguien y poco a poco ya no amarlo.
La sombría ley que he establecido.

Civilizaciones

A sus seguidores el Profeta —la paz sea con él— les prometió un jardín donde gozar los eternos placeres de la carne.

El paraíso de los cristianos es, en contraste, puro y anodino: luz y perpetuo celibato.

Choque de civilizaciones.

Instante

Cuentan —pero sólo Dios puede hurgar en el corazón de sus criaturas— que Laila duda por un instante.

Reconoce el camino hacia Bagdad y piensa en volver sobre sus pasos.

Cobijarse en el desierto y en la noche.

Enterrar el dolor a imitación de sus vecinos.

Dejarse vencer por el miedo y esa estúpida fuerza que otros llaman vida.

Apenas un instante.

Perdida

Ana se desperezó muy temprano esa
mañana. Duerme otro rato, le insistí —era
domingo—, pero ella prefirió ir por el pan y
los periódicos: así me dijo.

Al atardecer aún no había regresado.
Llamé a su madre y sus amigas —nunca
me toleraron— pero no tenían noticias de
ella. Fragüé mil historias para ahuyentar
el desastre y me prometí que a las ocho
llamaría a la policía. Cuando Ana al fin
volvió pasaban de las siete.

Lo siento, se disculpó al entrar, no
encontraba el camino.

La rabia ante aquella excusa inverosímil
se desvaneció al comprobar la desolación en
su mirada.

Walid

Los mismos muros, el mismo hedor, la
misma sangre. ¿Qué ha cambiado? Walid se
restriega las lágrimas resecas. Imbécil: ¿cómo
no se hizo estallar frente a la garita como
el resto de los suyos? Ahora retozaría en un
jardín y no en este estercolero.

Las piernas le fallaron y los invasores
no tardaron en doblegarlo. Lo hicieron
arrodillarse frente a ellos, lo ataron como a
una cabra y lo sepultaron en este hueco. Este
hueco donde ya tantos perecieron.

Walid no olvida los penes flácidos de
los otros prisioneros, las fauces babeantes
de los perros —y el resplandor de sus
cadenas—, la humillación ahogada por las
mordazas. A él también lo incrustaron en
la pirámide de carne que alzaron como un
juego.

Una chica reía.

Tendría poco más de veinte años
—el uniforme la afeaba— y se burlaba
a carcajadas. ¿De aquellos hombres
indefensos, de sus penes flácidos, de su
miedo? Luego vinieron los chistes —Walid
comprendía su lengua— y los estallidos de
luz que eran latigazos.

Cuerpos que se burlan de otros cuerpos.
Y en el interior de todos, nada.

Aún le arden los tobillos, las muñecas
y las vísceras. Si Walid no ha estrellado el
cráneo contra los muros es por ella.

Por Laila.

Disculpas

Me inventé toda suerte de disculpas: su temperamento salvaje y sus caprichos, la repentina avaricia de su sexo, su inseguridad y su vida sin futuro. El llanto repentino o la furia. Su incomprensión ante la obviedad de mis silencios.

Ana apenas reparaba en mis delirios, obsesionada como siempre, como todos, con los suyos.

Arrinconada, por fin me hizo la pregunta. La sorpresa que mostró ante mi pasmo —ante mi ausencia— me dolió como un ultraje. ¿Aún la amaba? Por supuesto. Pero convivir con sus temores se me hacía insoportable.

Cuerpo

Me desprendía de ella y la miraba, aturdido,
como se mira un cuerpo anónimo en la
prensa.

Ana

Qué fácil. Yo soy la loca, la perturbada, la indomable. Siempre quisiste que así fuera: nada te podía resultar más conveniente. ¿Te has preguntado si aciertas en tus juicios? ¿No serás tú, perfecto e imperturbable, quien se desgarra? ¿Por qué yo, siempre yo? Advierto el desdén en tus caricias: crees que no distingo la compasión en las yemas de tus dedos. El vértigo que te inspiro o el desorden. ¿Dudas de vez en cuando? ¿Musitas: estaré enloqueciendo? ¿O en ti no hay lugar para el desastre? Si te empeñas, adelante: yo soy la loca, la perturbada, la indomable. Pero tú no eres la cordura.

Indemne

Esta historia no me pertenece.

Puedo negarlo, invocar el arte o el poder de las mentiras, la ética superior de los profetas (o los necios). Pero esta historia no me pertenece.

Al contarla traiciono su confianza. Banalizo su dolor o lo corrompo.

No saldré indemne.

Bashir

Bashir se ha habituado al estertor de las metrallas, los vuelos rasantes y sus pequeños terremotos, incluso a los berridos de los niños, pero salta cuando chirrían los goznes o ruge el motor de un automóvil. A través de los visillos atisba la nada amenazante. Lo consuela que la electricidad sólo funcione por momentos: ¿cómo distinguirían su rostro entre tantos rostros deformados?

Siguió corriendo a toda velocidad, desbordado —se reprocha—, como si huir fuese la única salida: su hermano quedó atrás, borrado en la distancia. Walid siempre lo superó en los deportes y Bashir creyó que lograría perderse en las callejas y pasadizos de aquel barrio. No lo vio tropezar ni presenció su captura.

¿Cómo arrancarlo ahora de ese pudridero que tanto complacía al

Abominable y hoy tanto complace a los invasores? Bashir apenas se atreve a pisar las calles y depende de la benevolencia de sus primos.

Un rechinido lo paraliza: en el umbral su primo dialoga con una sombra. Alguien debe haberlo delatado.

Una mujer desgrana arduamente los sonidos de su nombre. Bashir, musita. Su primo hace pasar a la invitada, ella se descubre el rostro y resplandece.

¿Cómo me encontraste?

Un djinn me señaló tus pasos, calla Laila. Y, como en otro tiempo, como antes de la muerte, le muestra su sonrisa.

Mismos

La oposición al fin se organizaba: tras décadas de impotencia, fraudes y amenazas, el cambio se antojaba impostergable. Los puños en alto auguraban la elección más reñida de la historia. Muchos temíamos que el Partido incubase otra masacre —su esencia cavernícola— pero aún así le reservábamos un lugar a la esperanza.

Ana y yo compartíamos el entusiasmo por la concentración de aquella tarde: nuestro candidato cerraría su campaña y se esperaba la asistencia de una horda de inconformes.

Quedamos de encontrarnos frente a Bellas Artes para marchar rumbo a la plaza. Le di un beso en los labios —ese beso— y me fui a dar mis clases.

Ana nunca llegó a Bellas Artes y yo no asistí al cierre de campaña: malos presagios.

Volví al departamento y me encontré a Ana convertida en una furia. Los párpados hinchados, las manos crispadas, los pómulos como cerezas. Sus ojos no eran suyos. Tampoco su sonrisa.

Se abalanzó contra mí. Sus débiles puños se estrellaron contra mi pecho como ráfagas. Apresé sus muñecas e intenté tranquilizarla. ¿Por qué me haces esto?, gemía. ¿Por qué a mí?

Te quiero pero ya no puedo estar contigo, le dije. No sé por qué, no lo entiendo, no me entiendo, esto me mata. Ella sollozó y apenas dejó que la abrazara.

Hicimos el amor. Olvidamos. Dormimos unas horas. A la mañana siguiente éramos los mismos.

Intransferible

Un dolor intransferible.
Su dolor. Jamás el mío.

Retraso

Hace un año que volví a mi patria de hienas y fantasmas. La suciedad y las mentiras apenas me trastocan. Me acostumbro, con pasión, a la apatía.

Pero aún soy un extraño.

El cielo luce más turbio, la basura se desborda en las aceras, hay más pordioseros y más coches y más humo, gente que conocí ha muerto a mis espaldas: apenas distingo nada nuevo.

Sólo hoy me atrevo a preguntar qué ha sido de ella.

Con quince años de retraso.

Collado

En el jardín corren ríos subterráneos, hay
árboles con troncos gigantescos, tantas frutas
que no habría tiempo de probarlas. Pájaros
de cantos como liras, fuentes con aguas
cristalinas y una luz que tiñe de oro los
semblantes.

Nos han dicho que de allí fuimos
expulsados. Que el jardín, pues, nos
pertenece. Vemos su sombra proyectada en
todas partes —una piel, una promesa— y
nos lanzamos, aterrados o sedientos, en su
busca.

El jardín perdido. El jardín que nos
aguarda. Y, en medio, este collado.

Amigos

Los embotellamientos, la lluvia, las distancias: pretextos ideales para no quedar con mis amigos.

En estos meses Pablo ha sido víctima de una conspiración —ocio nativo— y huye de los buitres que juraron con lincharlo. Nicolás y Víctor han sido removidos de sus puestos: el primero se cree superviviente del Titanic y el segundo no cesa de acusar a sus vecinos. E incluso Javier, torpedeándose a sí mismo, casi ha perdido a Laura y los ahorros de una vida.

Y yo, yo no salgo de mí mismo.

La culpa, por supuesto, es de los otros. Nuestros sempiternos detractores. El azar o la imprevisión o la fatiga.

Me pregunto si habremos aprendido.

Dudas

Ana me besó en la boca —no reconocí su aliento— y yo me senté a su lado. Distinguí cierta suavidad en su postura, o era el miedo.

Hacía una semana que no dormíamos juntos.

Me preguntó por el cierre de campaña y el futuro de la izquierda. Aclaré sus dudas con sigilo. Procuraba no mirar sus ojos, olvidar el brillo de su pelo, no fijarme en sus pantuflas (cómo odiaba esas pantuflas).

Reposé mi brazo en su muslo y besé su cuello. Tan hermosa, me dije.

Sus movimientos —lo vi entonces— respondían a una danza sutil y acompasada. Su lengua barría ciertas sílabas. Se mareaba todo el tiempo.

Volví a su casa al día siguiente y al siguiente. Compartimos aquella calma desvaída. Arrinconamos juntos el cansancio (que era mucho).

Mientras le refería la estrategia de nuestro candidato, retornó la ira. Yo era de nuevo el mentiroso, el infeliz que siempre quiso abandonarla. Encajé sus reclamos hasta que se doblegó por la fatiga.

Se durmió como una niña.

Genet

Recuerdo un documental francés sobre grandes personajes. Alguien entrevistaba a Jean Genet, ese maldito. Y él decía —o pienso que decía— que su vida cambió en un segundo, a los setenta, mientras viajaba en tren de París a Normandía. Eso creo.

Frente a él, un hombre enjuto de edad indefinible. Cualquiera. Genet lo mira, nada lo distingue de los otros pasajeros, y se sobresalta. Ese desconocido vale lo mismo que él. Lo mismo.

Eso descubrió Jean Genet, mientras viajaba en tren de París a Normandía, a los setenta.

Odio

Odio ser humano.
Falso: apenas odio ser yo mismo.

Última

Me odiaba cada vez que no iba a verla. Pretexté reuniones de trabajo. Después, las elecciones.

Ana quería comentar conmigo todos los detalles: cuántos votos faltantes, cuántas urnas robadas, cuántas mentiras. Anotaba cada cifra en su libreta como si fuese responsable de evaluar los daños ante los observadores internacionales.

Una tarde el cinismo del gobierno la hizo romper un vidrio con el puño: aún me estremece el rastro de su sangre.

La última vez hablamos de la decepción y la rabia de la gente, las voces que llamaban a las armas, las negociaciones en la sombra, la apatía que podría amordazarnos.

Y no volví.

Consuelo

La fecha límite está próxima y no he escrito
una sola línea: la humanidad, qué desatino.

Me distraigo con los noticieros —el
horror en dosis homeopáticas—, esquivo
las llamadas de mis amigos y mis padres y
camino por esta ciudad donde caminar es
imposible.

Reconozco un sitio conocido y me
arredro. Subo al metro sin dirección ni
horario. Escudriño a los otros pasajeros y
nada me ilumina. Regreso a casa sin un solo
rostro en la memoria.

No estoy deprimido: sé que ante
mí comparecerán otros cuerpos y que
mancillaré cientos de páginas futuras. Sucio
consuelo.

Promesa

Cuentan —pero sólo Dios es sabio y conoce la perversidad de sus designios— que ese día Laila esquiva retenes, ojos extranjeros, recelos contenidos y se presenta a la hora justa en la entrada de la prisión.

Apenas ha pronunciado una palabra y su lengua se demora en articular el nombre de Walid. Un *marine* cubierto de acné la mira sin mirarla. Con voz dulce, apenas vibrante, ella le exige verlo de inmediato.

Uno de sus compatriotas, sinuoso y avispado, traduce su advertencia como súplica. Laila lo interrumpe y confirma su petición en el idioma del extraño.

La retienen allí por más de siete horas. La intimidan con preguntas. Ponen a prueba su paciencia. A ella le sorprende el miedo en el corazón de aquellos niños.

Al final de la tarde el *marine* la conduce a un apartado y le dice con cierta simpatía: vuelva mañana.

Laila responde que no se moverá hasta tener noticias de su hermano.

Poco antes del toque de queda los invasores la echan a la calle. Vetas naranjas se extienden en el cielo y un ardor proveniente del desierto la hace acalorarse. Contempla la ciudad hecha pedazos y no puede sonreír cuando el último rayo de sol baña su cara.

Laila acaricia la flauta que guarda en su alforja como si fuera un amuleto.

El djinn se presenta entonces ante ella. Esquiva sus ojos y le advierte que es la hora. Él ha cumplido sus deseos, la ha conducido sana y salva a sus hermanos, y ahora ella debe compensarlo.

Laila asiente.

La explosión destroza su cuerpo en un segundo —la alabanza a Dios, Señor de los Mundos, el Clemente, el Misericordioso— y termina con su dolor.

El dolor de Laila.

Se dice —pero sólo Él lleva la cuenta de sus víctimas— que otros veintiséis encuentran la muerte aquella tarde. Siete niños y dos ancianas: así lo reportan las agencias. El rostro de Laila es visto en todo el mundo (incluso aquí en mi cuarto).

A la mañana siguiente un suicida asesina a treinta y nueve.

Nombre

El infierno por tu nombre.

Salida

La camioneta se estaciona a trompicones, una camioneta azul cobalto, amplia, con vidrios polarizados.

La fachada es color arena, un tanto percudida por el trasegar de tantos autobuses —el tránsito entorpece mi espionaje—, y dos colorines secos o recién podados ocultan las ventanas.

Ella baja con una bolsa de plástico en la mano. Hace un malabar con las llaves y una niña de tres o cuatro años desciende del auto abrazada a un conejo de peluche. Ella le susurra algo al oído. La pequeña sonríe.

Ana abre la puerta y las dos se adentran en la casa.

Ciudad de México, 2007-2008

Este libro terminó de imprimirse en octubre de 2008 en Editorial Penagos, S.A. de C.V., Lago Wetter núm.152, Col. Pensil, C.P.11490, México D.F